Mi mochila

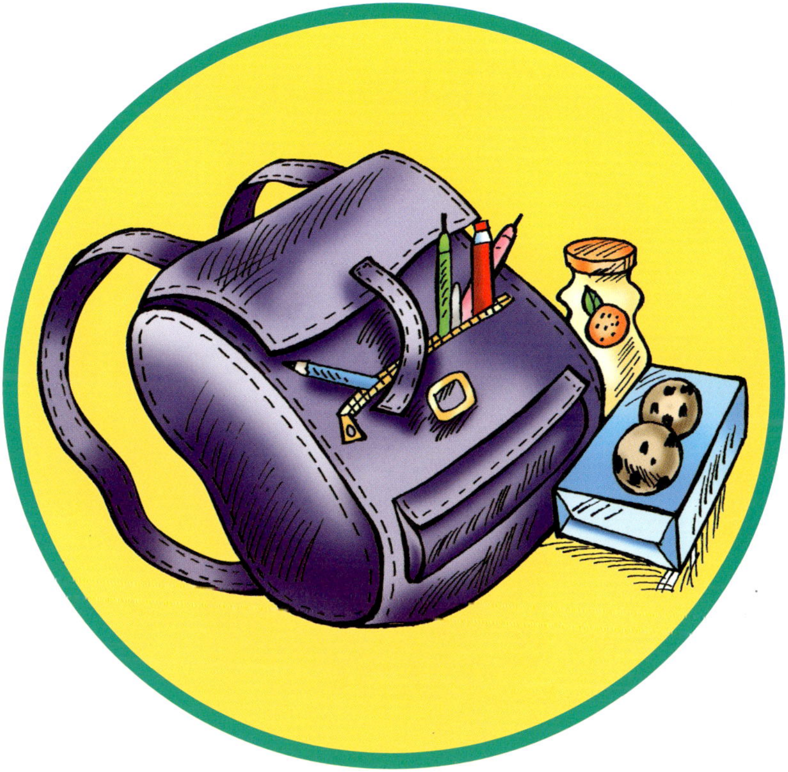

escrito por Theresa Bryson • adaptado por Janeth Patarroyo
ilustrado por Anita DuFalla

Yo pongo plumas.

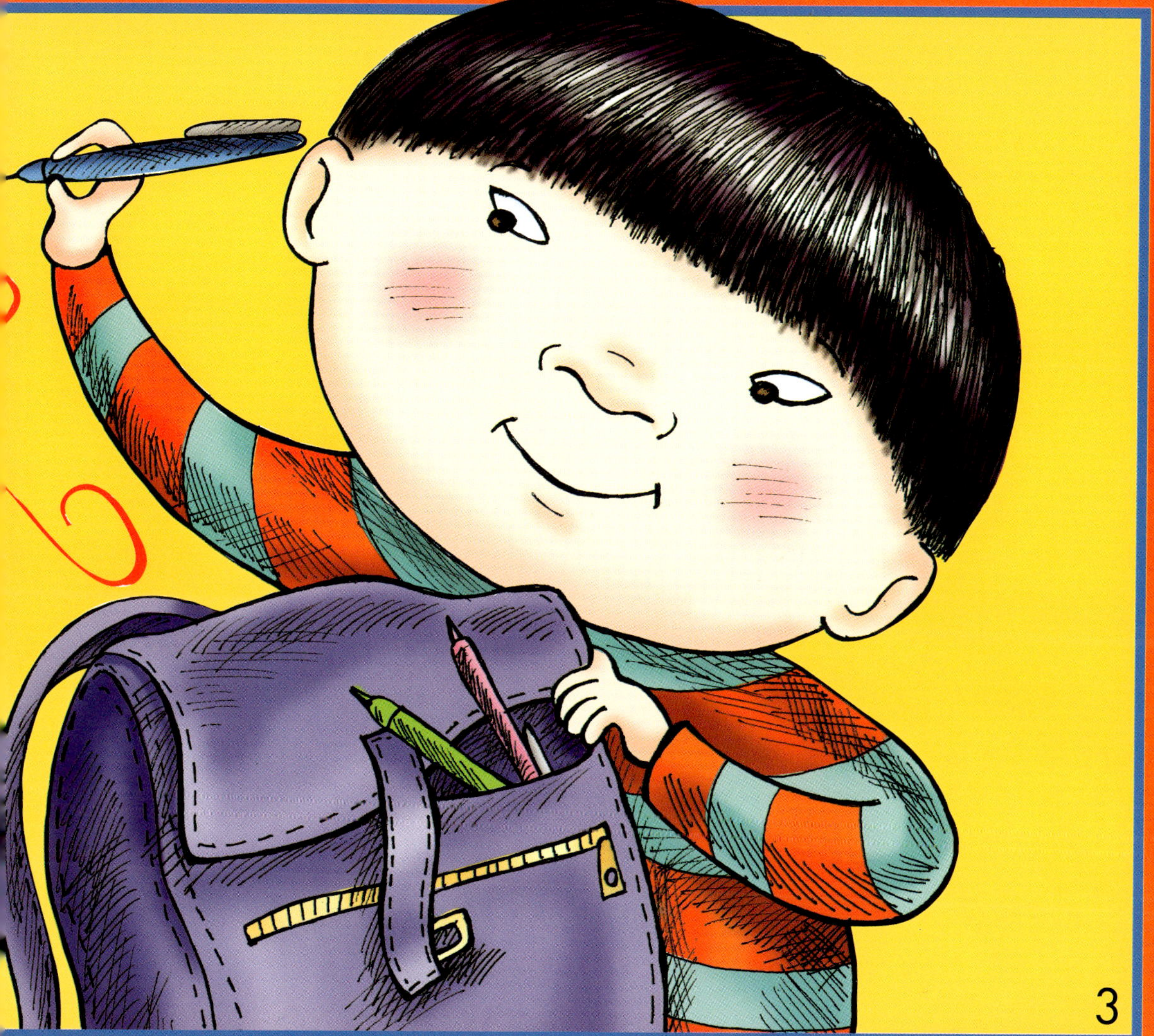

Yo pongo lápices.

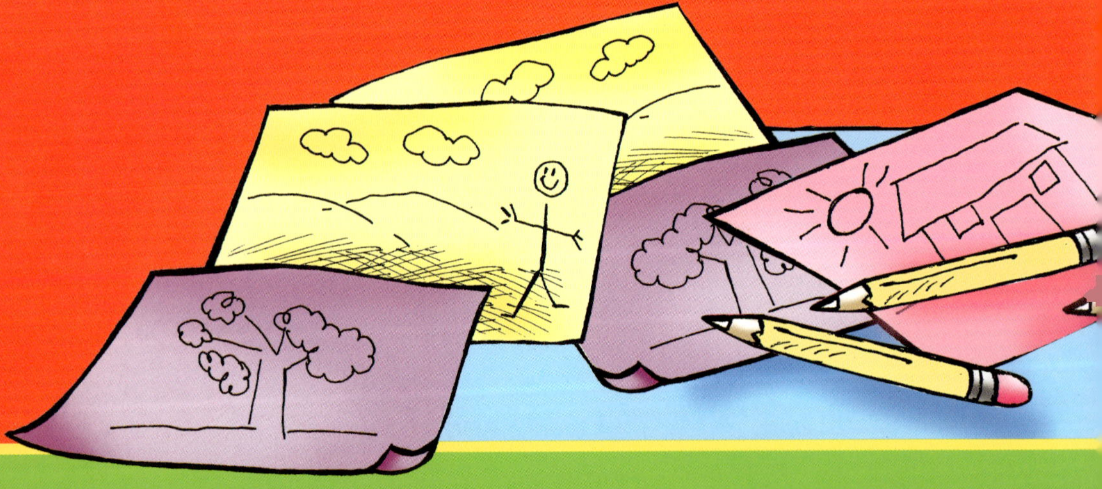

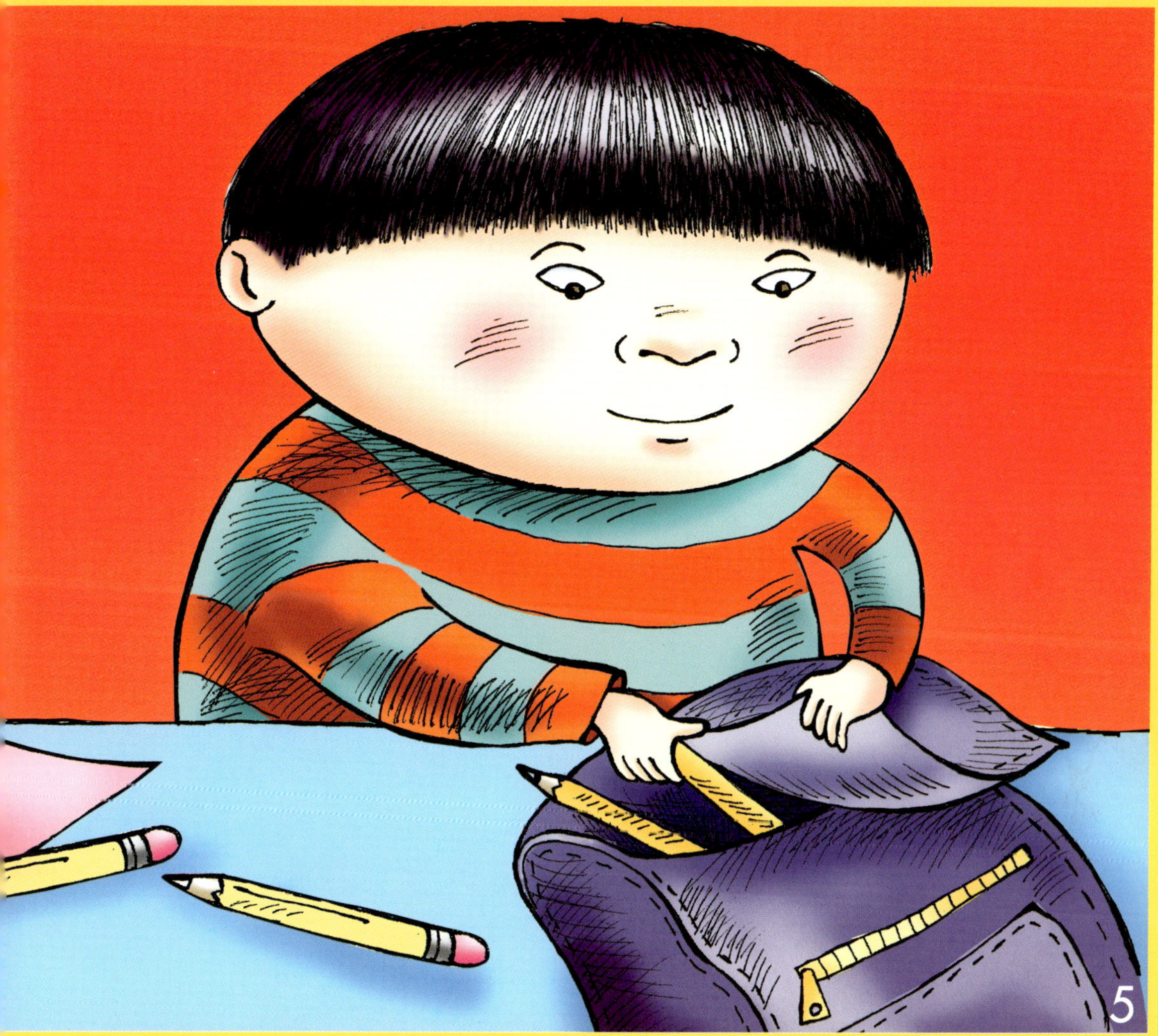

Yo pongo libros.

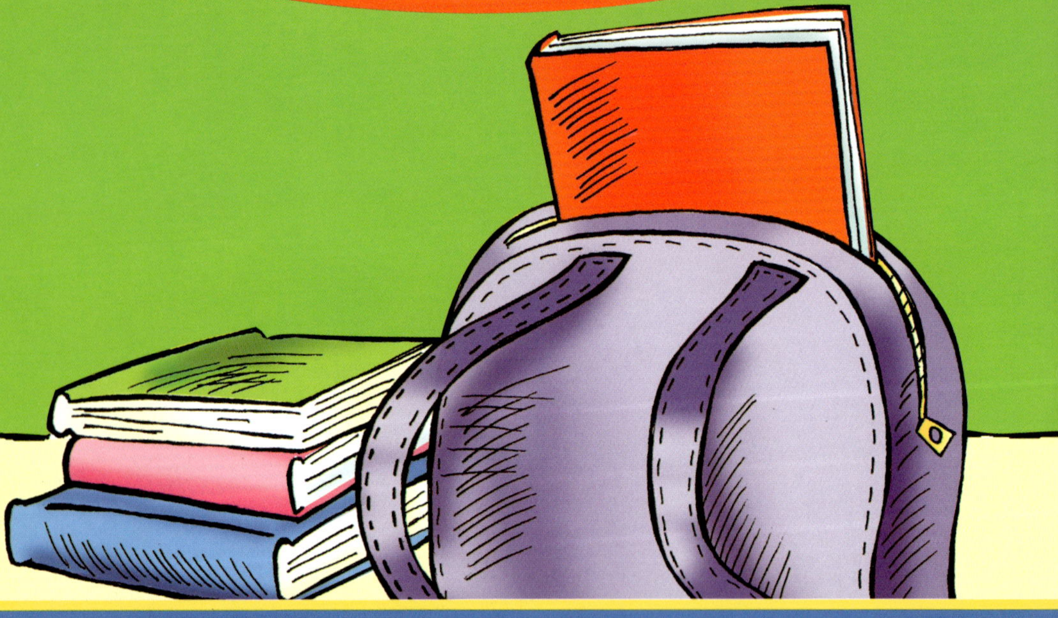

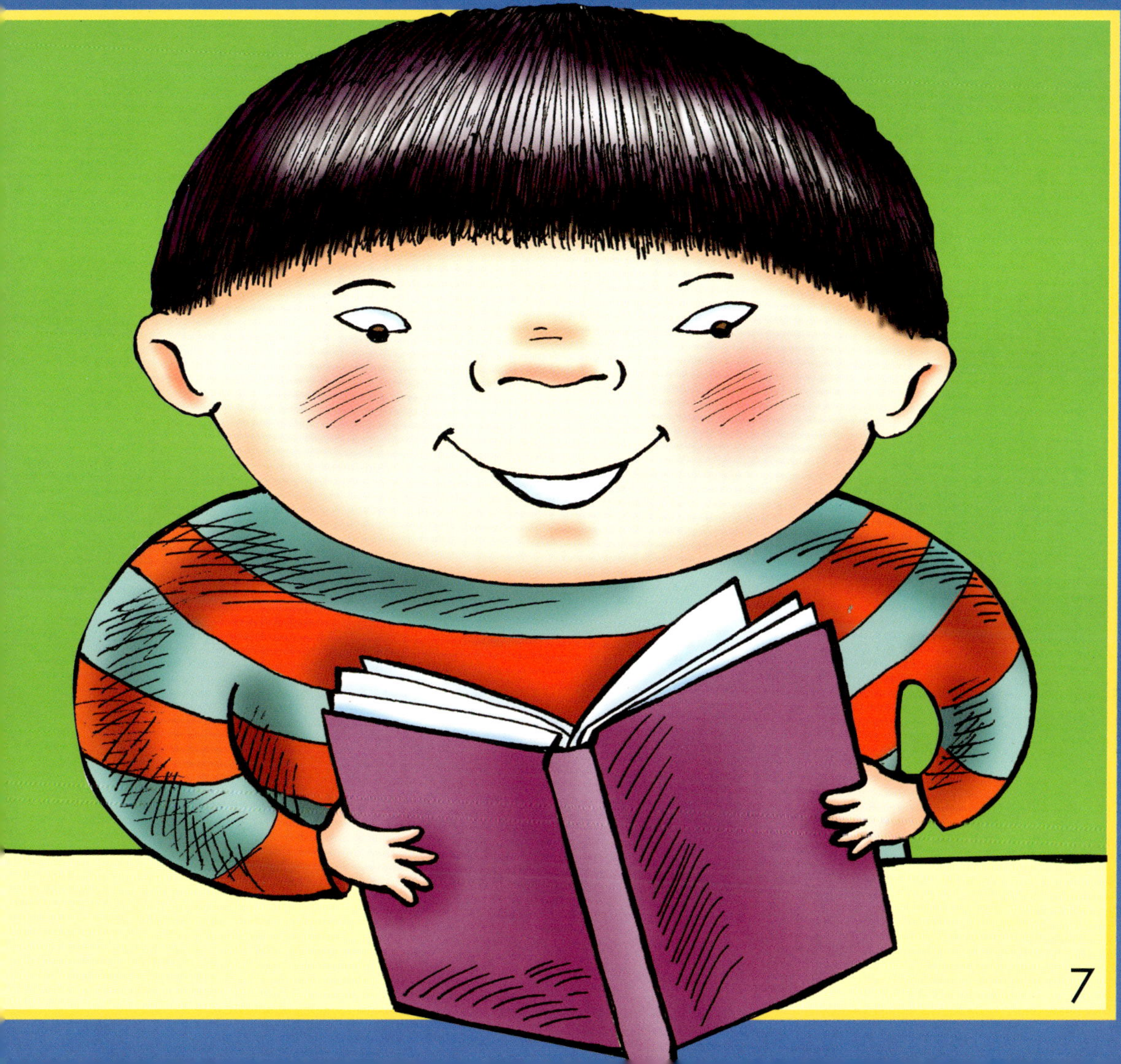

Yo pongo marcadores.

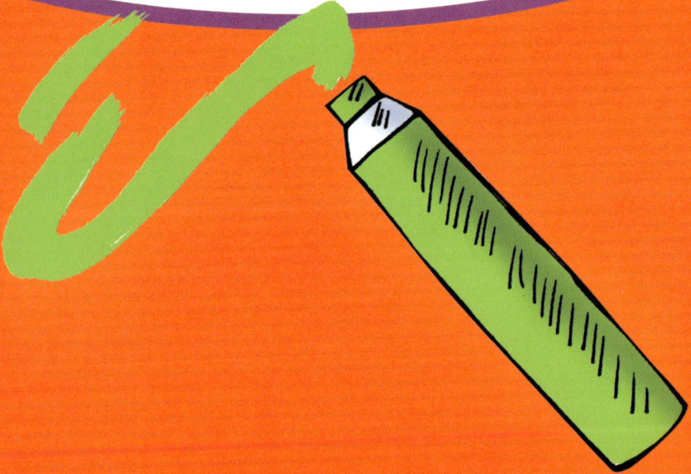

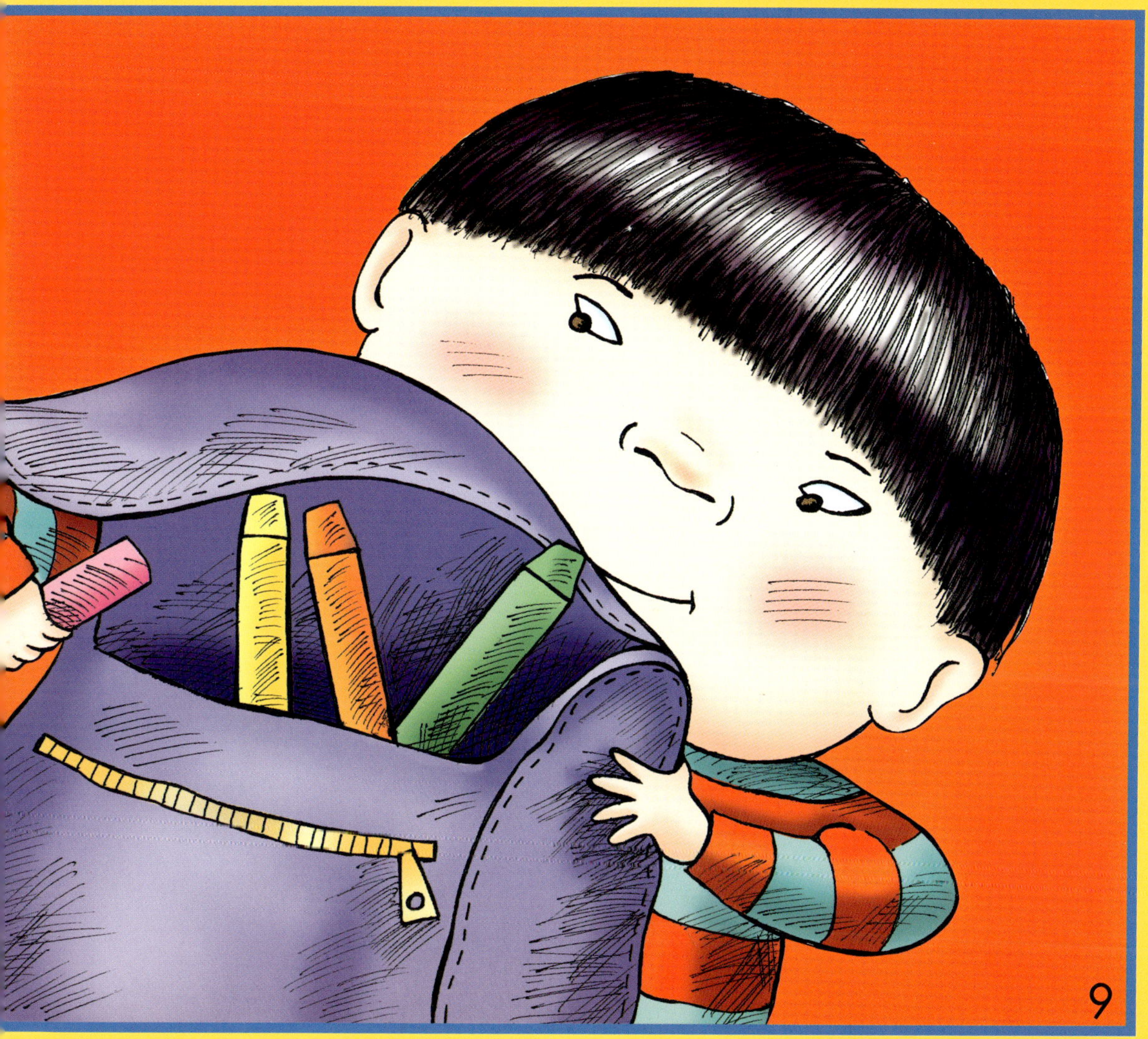

Yo pongo papel.

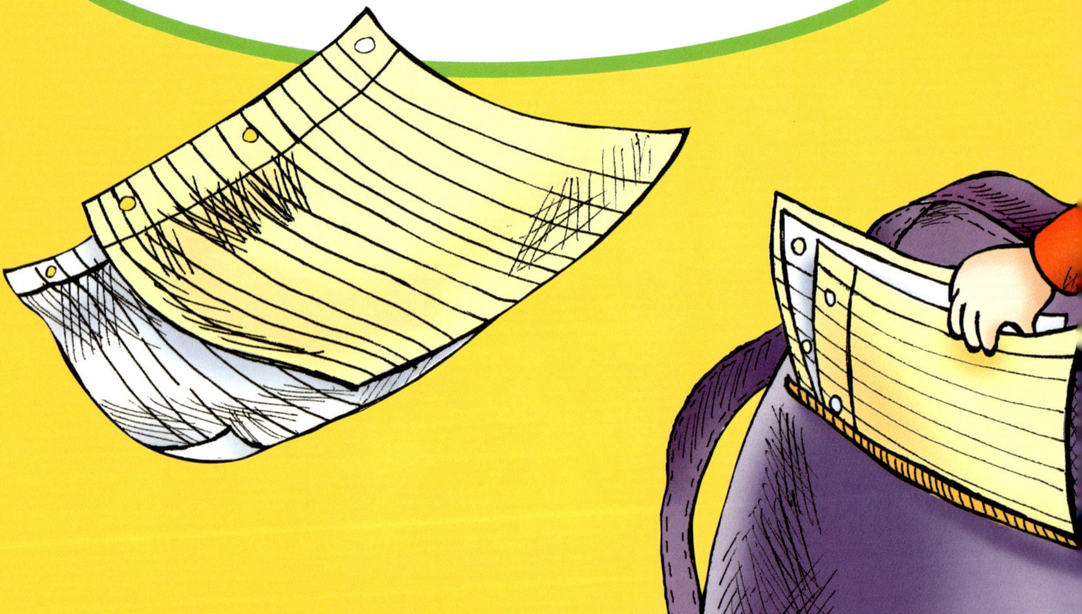

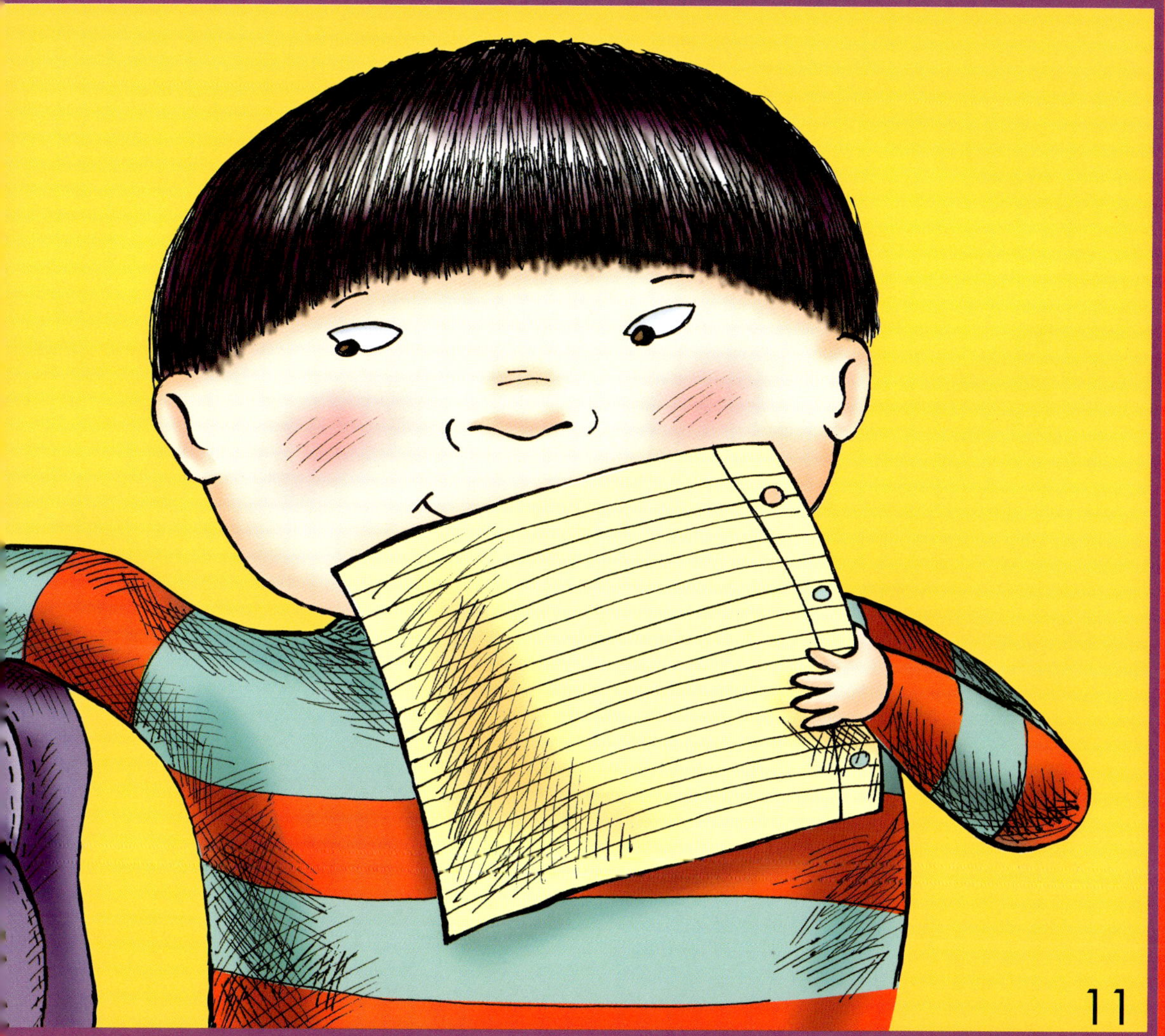

Yo pongo jugo.

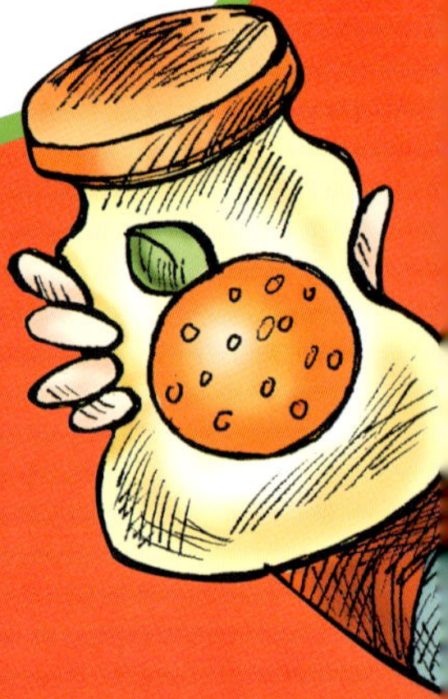

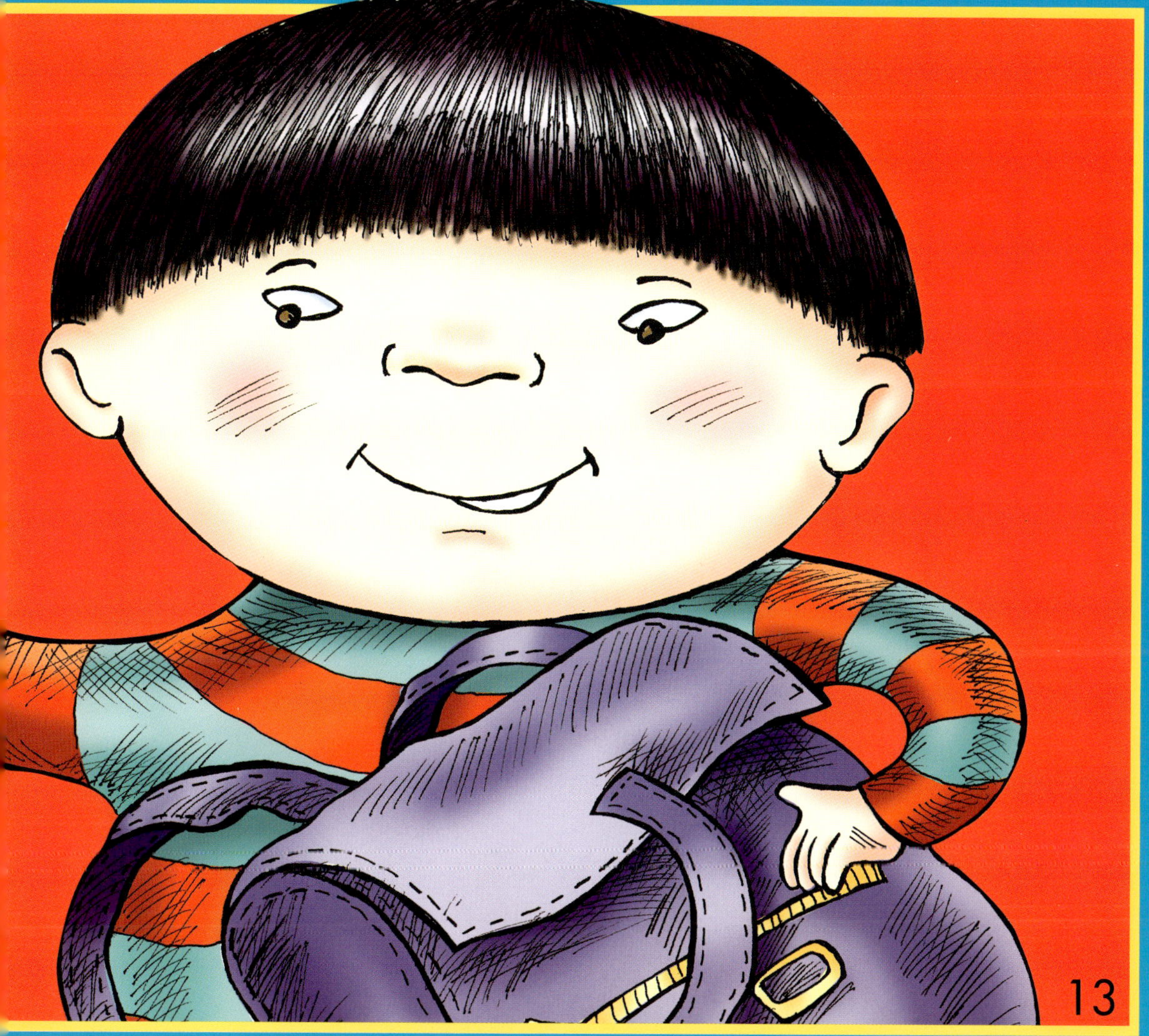

Yo pongo uvas.

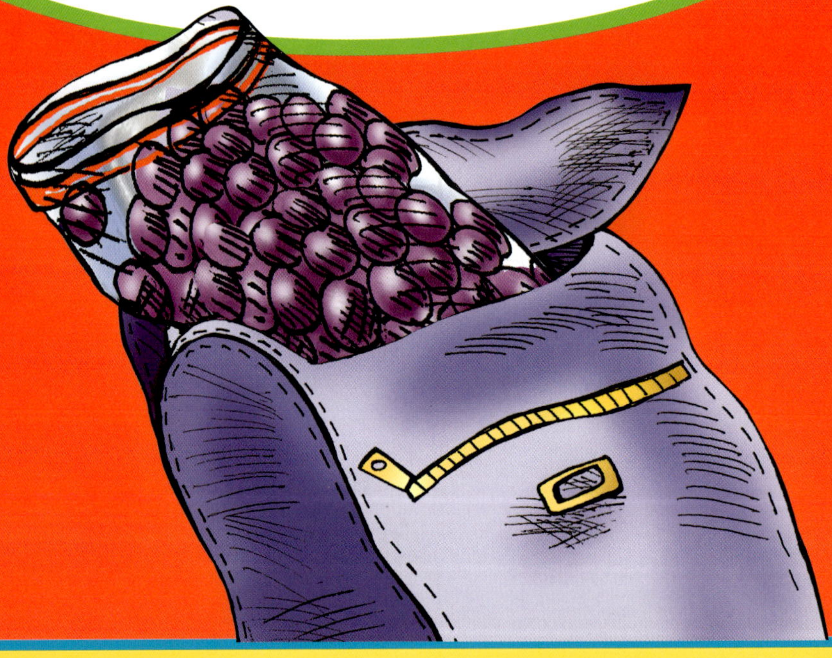

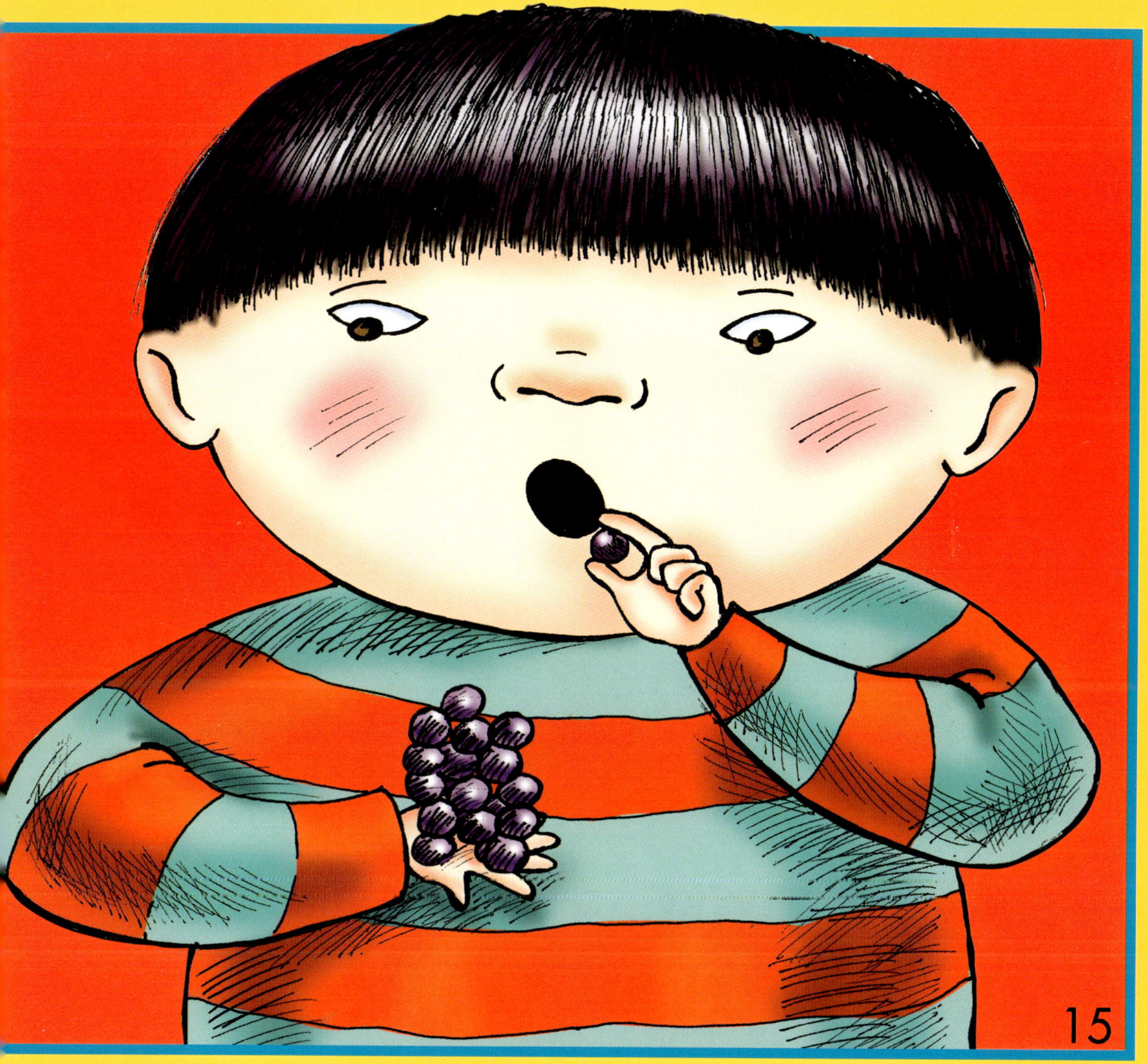

Yo pongo galletas.

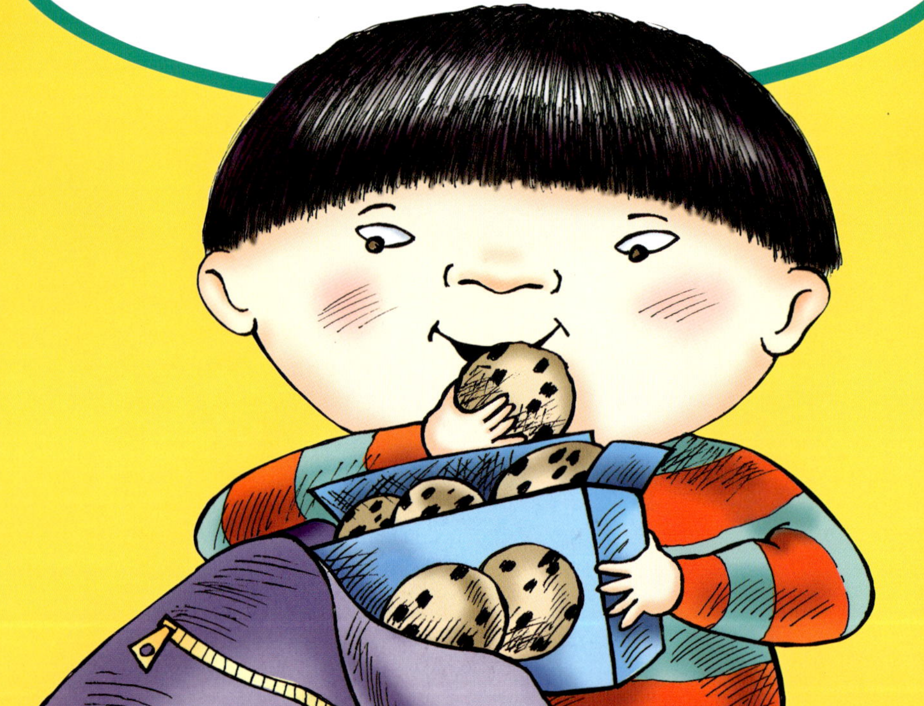